温柔与沉重

古东顺

— 著 —

北方文艺出版社

·哈尔滨·

图书在版编目（CIP）数据

沉重与温柔 / 古东顺著. -- 哈尔滨：北方文艺出
版社，2024. 8. -- ISBN 978-7-5317-6391-8

Ⅰ．I227

中国国家版本馆 CIP 数据核字第 2024CR8839 号

沉重与温柔
CHENZHONG YU WENROU

作　　者 / 古东顺

责任编辑 / 张贺然　　　　　　　　装帧设计 / 阅客·书筑设计

出版发行 / 北方文艺出版社　　　　邮　　编 / 150008
发行电话 / （0451）86825533　　　经　　销 / 新华书店
地　　址 / 哈尔滨市南岗区宣庆小区 1 号楼　　网　　址 / www.bfwy.com

印　　刷 / 深圳市精彩印联合印务有限公司　　开　　本 / 787mm×1092mm　1 / 32
字　　数 / 123 千　　　　　　　　印　　张 / 7.125
版　　次 / 2024 年 8 月第 1 版　　　印　　次 / 2024 年 8 月第 1 次印刷

书　　号 / ISBN 978-7-5317-6391-8　　定　　价 / 48.00 元

序

对于文学的热爱，源于学生时代的启蒙。我感谢在师范学院的读书生活：一是遇到了良师；二是有幸参加了学校图书馆和阅览室的管理工作，有机会接触到大量的书籍，阅读了大量的经典文学作品；三是我的学生时代正是改革开放初期，文化也得到了发展，各种报纸、杂志纷纷涌现，使我打开了视野。

参加工作后，我全身心地投入到教书育人的工作中，后有机缘进入深圳海关工作，疲于应付各种琐事，慢慢地就疏远了文学，尤其是诗歌。

我写诗和写字一样，笔力不足，好在抒情。我写诗，往往是在心情极度落寞时，信笔落下，一笔定千秋，不计得失。因为真正的艺术大多是残缺的。我也想追求这种残缺美。

诗歌，就像一粒种子，被莫名的仙力吹到哪里，它就在哪里生根了，发芽了，长出了好看的叶子。它的颜色，它的晶莹，它琥珀一样的心，使它的信徒陶醉。可有几棵能长成参天大树呢？可即便这样，我们就不向上生长，就放弃追逐阳光的梦想吗？

诗歌是用来记录生活和发掘生活之美的——现实的美和美的现实。"艺术来源于生活，而又高于生活。"

作为艺术形式之一的诗歌更应如此。我想浅陋说下做文化事业几个简单的问题：第一，做文化一定要有准备牺牲的精神，耐得住、扛得住世俗的压力；第二，要将自心修炼得足够强大；第三，要有相当的战略和战术眼光，不要把自己的视线禁锢在一个小视野里；第四，要有足够宽广的胸襟和足够强的与尘世周转角斗的能力。

我一直希望通过文字，保持一颗游于万物却时刻醒着的心。在我看来，一首诗必须于短小处见真情，用真情感动心，给人以鼓舞和激励，给人以美感，给人以无限遐想。诗必须能释放一个人的天性，阐述每个人在这个世界中的活法和挣扎，使人从诗中获得全新的活力、渴望和热情。

世间应充满包容与善意。当你没有粮食，没有避雨的地方，我正好站在你身边，伸出我仅有的带着温度的手。良善应该是诗的核心。

条条道路通罗马。核心就是你要怀着美好的愿望，一直向前走。

目　录

放　手

一场风雨深藏于半途，带着寒意
路边的花朵只剩两三朵

你远在天边
有一滴泪变成了传说
世俗保存着强大的力量
我们始终紧握的手
如一道黑色刀影

孤　独

夜是不是黑了
四周响起虫声
苏东坡与李白开始打架
河道边浮现一个古老的码头
年轻人在那里谈情说爱

可是就在那一晚
我在自己的草堂梦见了杜甫
他的眉毛生长在我的手背
他硬杠我：这就是《石壕吏》

从此我一直在夜里半眠半梦
就是有一丝风声
我都往泥土里躲
我想找到一种孤独

流 星

1

一道闪光划过天边
我不敢祷告
一滴酒
一点泪

2

风过声响林梢
我在低矮的茅屋
四周一片寂静

3

尘土
那些金黄色的麦尖
温暖着饥饿的眼神

4

天空——那神的殿堂
我不忍看着他人苦难
好在一闪的流星
像雨

又走过天桥下

我又一次
走过天桥下
那里有一双乞丐的手
他跟我说
其实他并不贫穷
他有一个心爱的女人

我心颤了下
但我不敢说
我也有一个
深爱的女人

两段红头绳

两段红头绳
一盏祈福的天灯
那群萤火虫飞越天阶
在村庄的深处，有人轻声歌唱

夜已深，稻草人开始冬眠
猫头鹰眼很冷，它的爪子正抓碎半月
的影子
街上没有人愿意倾听我的情话

李白说："对影成三人"
可我早已张不开眼睛
在脚步声里，我紧握着绳的一头
温暖弥漫在我的心中

秋 水

枯萎了，你窗台的花
你的头发，也开始花白
只是，我不甘心
就守着一个出水口
那是传说中的仙水

一整夜的失眠
我的躯干
连同泥土里的朽木
连同你埋在我心底的哭泣
还有那些带雨的影子

我在守着那片无尽的竹林
田野很空虚
我收拾着残余的麦穗
将耳朵贴近一张脸
尽情倾听那缕
似有似无的水流的咽声

秋　菊

丛菊两开他日泪，
孤舟一系故园心。

——题记

阳光开始温暖
可一些事情也开始萧森
菊花，是一丛秋菊
它从巫山传来了声音

船在浪里
鱼在水里
我们在梦里
只是有人走过我的窗
吟诵着唐诗

是的，我记得
立秋了
那些旧年开过的花
是你轮回的轨迹

秋　露

远古的庭鸦
一个传说
她的背影
就落在那窗外的树上

该有千年了
我的心一直很寂寞
那些酒肆的喧嚣
击穿了尘世的陶瓷

空旷的一无所有
只剩一滴你一直
没有落下的泪吗?

我虽然一直在流浪
可没有一刻，哪怕是瞬间
忘却你那琥珀般的样子

秋　语

肉香的诱惑
闹市正在开张
我却辟着五谷
心情开始空旷
秋在风中瘦了

露滴霜白
一个窗口很宁静
我正埋伏在一个谣言
绝不相信
一株草能结出丰硕的果子

一粒种子落在石头上
正如昨夜我的双手
抚摸着一堆炭火
谁烤干了我的鲜血
心却在一个遥远的地方
跳动着

只剩下锄头了

我像一个老农
眯着眼睛
抱着晌午的阳光
打盹

那宽广的麦田里
只剩一株金黄的穗
我知道这是一个标识
你应该正在归途
我紧盯着每个路口
看蜜蜂紧急回巢

树·果·鸟

两棵树，结了一个果
几只鸟飞上枝头
他们的盛宴
果不剩骨头

就这么个林子
我妻子没完没了絮叨
看到了吗，你看鸟
比你都好

好在风吹过来
吹脱了一朵花
同林鸟还是同树花
她看到了树根下
一粒种子正在萌芽

鸭 子

鸭子，我说的是野鸭子
她浮游在水上

可一天，她潜入水
就在我眼皮底下

她抖着好看的羽毛
嘎嘎地欢叫着

我想，盘中的那只
她还会想起曾有的幸福

梦

　　我一直在逃离，身后有一匹狼的影子，可我的手还牵着一匹马，我的骨头就碎了！

　　夜有点寂静，窗外还响着歌声。我惘然，手中的笔，只有残墨点滴。心偶尔涌起一种莫名的痛，却不知为何。

　　花开的声音，一直在我的梦幻里，却不知有一个女人，她也听到了。我是满怀欢喜。我想走近她，想拥抱她。可我没伸手，一道剑影，就从半空刺下。

　　然后，我只能退回书斋，读起林徽因的文章。临了，心还泡了一些伤感，真是一个罪人。我面壁思过。

记忆中的美味

　　1979 年秋，我考上了稔山中学。这是一个农村小孩的梦想。那年，我家经常无米，我要去离家近 20 公里的镇上上学，没米，怎么办？我的祖母，含着眼泪，向乡人借米，让我上学。

　　我苦读，可实在是饿了，我拿出了仅有的口粮，到学校边上的小店，换了一小盆白肠粉，淋上一点儿老酱油，一口气，就把整碗都吞下。这是怎样的美味，我一生都在回味。

夕 烟

湾头的影子
溪水很清澈
暮鼓只响了一声
群鸟便归了山林

暗地里
游动着一个惊悚
闪烁的眼神
是传说中的鬼火

噩梦反复刺痛眼球
太阳还在东海沉睡
只有你承接着晨露
一把柴火
将冰凉的土墙烧得很温暖

大地的远方
我还是把你遗忘了吗？

盲

躲在一个角落
光的奢侈
扫过绝望的高台
一根竹拐
探测路的伤口

我只在一刹那
用指尖抓住
那深藏在眼里的
一丝残光

可后来，我损失了
所有的记忆
只听见了那一声
拐杖与墙角
碰撞的声音

如　果

如果爱，是一种遥远
如果你，就是雾的花

如果求，咫尺却天涯
谁在吟唱
短松岗上的月色
归不是，远离不得

我可能与你擦肩而过
宿命的鸟
折断了美好的翅膀

那扇禁锢灵魂的窗
我喊破了霞光
可只留下你一个背影

鸿 雁

我坐在黑暗里
看着光明的你
那些空旷的地方
只剩下水的波纹
还有人在岸边
低着头颅

高空之上
一行归雁
它们的鸣声
在你的窗前
就是一些揪心的影

终究天还是黑了
芦苇也黑了
你我只在荒乱中
扇动残损的翅膀

父　亲

父亲，在泥土里
我记不清
我是怎么将他
埋在泥土深处

他就只戴了一个帽子
还常骂我
因为他正在喝着
小酒

父亲大多沉默不语
我妈给他点上烟
他还是摇头

我开始读书
并开始理解耕牛
为何流着眼泪

写给我家乡坝仔的诗

我的家乡是一个很小的山村
却耸立着一座很大的纪念碑
我在他乡微醺时
总是大声对他人言说
我的家乡坝仔
是革命老区

牺牲了多少人
其实我不是很清楚
我只是在一个稻谷很香的日子
摸到了我叔公古波
他别在腰间的手枪
那年他已八十九岁

我的家乡生长着一种草
我叫不出它的名字
只知道，它始终铺满山沟
我曾用锄头反复锄铲
它始终还是长出了头

我知道，我的家乡坝仔
有些人在天空
他们应该还活着

文娟素描

我的画笔，没有
色彩
一种纯粹的心意
我描摹着，一个女人

她只是静静地，头发
很短
她身体，应该是
一棵楠竹
她的肤色，只能说
处子在湖边

她应该是媚眼生花
可我想画的，可能
是她半含半藏的睿智
我只能举着笔
想着凡·高的向日葵

缥　缈

谁隐藏了一只小舟
灰色的，还有一块
石板桥，也是灰色的
或者还有几声
捣衣声，也是灰色的
可是，一树的花
还有墙角，却是雪白的
就连那一抹青葱
也泛着那些记忆

只是一种不能抵近的
一种淡淡的伤
在遥远的缥缈间
扯痛了我的乡愁

旅　途

王阳明在龙场丢失了一只鞋
一场连夜雨
将尘世淹没

我一直在行走
脚下是唐诗、宋词的足迹
最后我在一个海角
碰见了徐渭
他其实很寂寞

我想，其实我也很寂寞
只是我有几个好友
他们每天都开着车
高声大笑着
向着一个方向行走

写给游君的诗

你在黑暗中
开出了阳光的花
你的妻子
不是玫瑰
可你很爱她

你心如花木
向阳而生
大道至善
心中波澜
阳光下很平静

远处的狗叫着
你好像无所谓
依然戴着高帽
行走在街上
并一路高歌

呵，兄弟
你四面楚歌

承受苦难
都是为了
重建幸福

你盛开桃花

寂寞是一块石头
可热闹呢
是燕子的呢喃
今晚我只握着酒杯
谁告诉我
哪枝桃花开了

是的，这是春天
那群美好的女孩
她们却在杏林
修剪着泥土的腐朽
穿着圣洁的衣裳

我想起了我的诗歌
我可能醉卧路旁
可我还是想起
在深圳
我身体健康

莲　花

挥挥手，一点儿意思
都没有，你我很
陌生

是傍晚吧
你给我打电话
我只说了一句
你是谁？

然后，整个世界
都沉默
谁让你打扰了
我看莲花时抱有的心情

我只能在深夜想你

我的骨头和意念
都碎了
唯一攒着的
就是我逃离时
你的那点光影

魔咒，发自你身的味道
我就这么心甘做了俘虏

我追随你的体香
那种窒息的
无处的逃避

刀　光

农人的锄头
温暖如夕阳
弥漫的夜
开始冷
饥饿和跪着的尊严
都在等待
一艘破烂的渔船归港

一个脑袋，两个肩膀
可行走的方向
都有地狱和天堂

祖先一直告诫
言语要恭良
我也一直躬着腰
侍弄着脚下的田粮

可这尘世总在戏弄佛祖
三支香火的微光
没能将黑色照亮

善良的茅草屋外
紧挤着剑影刀光

那株狗尾草

就一个模糊的影子
在春天，也可能是秋风里
我伸出了手
（原本是好意）
可还是折断了一些
连我都记不起的东西

可我没能忘却
泥土的温暖，还有
你和我的童年

我用我的鼻子
和空气交换
只要留下瞬间
我抚摸了你的手掌纹

断 桥

来杭州
我去看了断桥
从远古的瓦砾
到当下的夕阳
我不敢踏足那些或喜或悲的传说

那一边是残雪
一边却是朝阳的暖
还有一树莫名的花
甚至是一群在清唱的小鱼
还有三两只水鸭
我不知道打扰了谁

可迎面走来一些高洁的人
他们在花开的节奏里
对着我欢笑
还与我合照
我是真的举起了手
抚摸着一些岁月的边缘
呵，断桥，是什么时候断的呢？
那时，也真有花开

深圳，也有一个神仙居住的地方

我以为，那袅袅烟火
弘法寺已是殿堂
我的脚一直还好
还有我的心愿
和我的祈求

仙湖，一个梦幻的地名
生长着名字和草木
只是一些熙攘着的尘喧
包装着你的容颜

这春回的日子
我穿越了深圳的白天
我也清晰地望见
仙湖的弘法寺
还有那晚
我和她一同居住

写给甘红诗歌专场朗诵会

一个女人，她的美丽
是因为一首诗
正如那些春天的芽苗
撒落在冬的寒
或雪

我在一个舞台
看见了一个女人
她好像就是一个平凡的女人
可就有那么一刹那
灯光聚集了她的容颜

是的，并不是她有多美
她只是将诗歌
紧紧地抱在怀里
剩下的时空
因她而灿烂

我想乡愁

每次，每晚
我醉或者不醉
都想我的母亲
想我的家乡

可我读了余光中
他的乡愁
是生死的悔
我的呢？只是
一湾小水沟

可我真想我娘了
我想写诗给我娘
可她是文盲

想吧，可能
这都是不真实的

童年的除夕

阳光总是很好
竹架子下几块腊肉
滴下了最后一点儿油
母亲在清扫每个角落
父亲从破旧的衣服
掏出两毛钱
要我去队部打一瓶酒

终于夕阳西下了
我们穿上盼望了一年的新衣服
一只鸡只有两条腿
我哥我弟我妹
都睁着贪婪的眼睛
母亲就将鸡的两条腿
砍成四条"腿"

每次，过完了今年的除夕
我们就开始算计日子
明年的除夕还有多久？
我们的新衣服
我们的鸡腿

《易经》浅析

一个人还没成为王
心中却生出了"易"
刀耕火种的荒野
有一群农夫

他们的世界只有
两块田地
那点儿可怜的食物
还有生儿育女

孔老夫子就是这么
一路走过来
他仁慈而委婉
他原本想施粥
可他的学生手里
只剩一粒粟

荒凉而饥饿
夫子想念帝王
那一面面的旌旗

苍生跪拜一地

千万年了
黄河还在流
老夫子想不到
他释《易》的心思
只有一个流浪的乞丐最懂

在果园倾听一种鸟语

有人警告我
那个果园已经荒废了

从此，莫名其妙地
不管是梦里梦外
一些魔幻的影子
在那个黑房子里
反复播放

我很想告诉一些亲近的人
我一直生活在繁华的城市里
不用担心我的生活
我只是偶尔迷失了方向

我的脚印
还有我一直绝对保密的
在我心里埋藏了千年的
一瓶酒消失了

今天早晨

我还是莫名其妙
出现在荒废了的果园
流着泪
倾听我爱人的谎言
但我却心甘情愿

春

1

行笛带些醉意
柳枝初动
缥缈的窗纱
只隐藏一种妖娆

谁梳动那美好的长发
我心如钱塘
入眼处，却只存
一截断桥

2

野鸭子追逐着还没长成的芦芽
苏东坡试了一辈子的水温
今朝，却在我的心事里沸腾
唉，只剩一些梦的残影

3

呵，春风终究又吹绿了
那片沙砾
还有你的一丝讯息
我就一直站在一艘没有帆的船头

我想，我该去扬州了
尽管我不熟悉那地方

新　稻

很久远了
闻不出稻谷的味道
只是初夏
我读着叶赛宁的句子
心里有了耕耘的冲动

我想着一个年代
和那些年代的女人
以为爱情
就是那些燕子的窝
却不知
风雨吹打了什么

谁一直在沉默呢
那些与稻苗一起生长的稗子
我闻了，一种清香
它就不绝
轮回在我的耳旁

春之祝福

菩萨，那柳枝的点滴
还有庙堂耸入云端的电闪
几只匍匐的蚂蚁
它们还没学会哭泣

黑暗生发
我和我的爱人
在祈求神明
哪怕刹那
我们也能看清彼此握紧的手

可是我们的茅草屋
只是漏下一丝星光
一场逃跑的风雨
却没有向我们预警

恶魔装扮成灰姑娘
那用花朵扎成的篱笆
我还是紧紧抓住爱人的手
扑向那星光照亮的陷阱

春之水

一墩高得不能再高的黄土
却一直失语

南方，就是我们肯定的南方
却布满泥泞

没有什根
连接南北

只有一些足迹
停留在你窗外

蘑 菇

腐朽，埋了一半
那些青春的叶子
早已飞过
你的拐杖
敲点着下沉的泥土

虫子在鸣叫
你搔着我的心
邻居却敲响我的门
我与他都莫名其妙

晨曦晾晒着湿衣
我正在擦拭
拐杖的兄弟
它长出了一朵
让我惊心的花朵

看 你

水流向了高处
我只好抬头

只是半山的窗户
莫名地打开

更遥远的梅花
是心的影子吗?

读诗还有意思吗

一丛丛好看的花草
就生长在荆棘旁
鸟的飞鸣只是一种装饰
装饰了只有鸟儿
要回归的巢

可总有些不良的猎人
他们在黑暗中藏着弹药
不管是鹰，还是
小小禾花雀
他们都极度兴奋
不是因为颜色
他们只是嗜血的味道

阳光下的蓝、白、黑
都有一种特殊意义
可只有一种
没有意义的颜色
耕种，牛蹄迹下

夕阳西下，归来了
所有的劳动者
哪怕是蹲了一天的黑犬
也得吠几声

何必呢，有灯火吗
我想读些诗歌了

今又重阳

夕阳
归鸦……

那段曾经青葱的岁月
低低落在你窗台

泪水是最好的词句
谁吟诵呢

那些桑麻
早已花白

飞　翔

洁白的信鸽
只有两根羽毛
可它躲在笼子里
只有偶尔的鸣咕
让你想起春天

窗边有一个水井
还有一个生锈的门
我不敢告诉你
那把铁锁的模样

可远处的天
也翻滚着白的云
就像你的羽毛
还有不停的哨声

泉水的记忆

1

稀疏的影子
落在深渊
一种莫名的尖叫
找不到窗口

雪真的覆盖了南方
那些伤口
涌出温暖的记忆

2

传说的地狱
是一把铁锁
而你却温柔如故
只是迎着一些光亮
你就将长发洗得清亮

3

我是在这荒山野岭
看着蜻蜓点在荷叶
那种晶莹的泪珠
是你舞蹈的影子吗

我独坐在一个影子下

——翻看老照片有感

水流声
可岁月无言
你只剩一个影子
飘在我心之涯

远去的，相对无言
那扇沉默的窗叶
一直没有打开

我听到你远去的脚步声
一种刺痛
让我在黑暗里
裂肺地嘶哑

雨水心语

乌篷船
一级级石板台阶
一种声响
穿越了千年
迷雾的深处
谁还在执手轻语?

野鸭子
还有一节节欲言不吐的藕
远去的帆影
是你挥动的绢巾吗
我就站在岸边

粉红色的朝阳
还有纤夫的号子
只是那一串刀刻的足迹
成了枷锁

月　亮

遥远的混濛
高原上，狼嚎叫
这时地平线很清冷
我居住着简陋木屋
只留一扇窗
我与月亮对白

"月光光，照地方"
童谣很清亮
可城市的车灯
彻底消灭了萤火虫
我只有在一个高台的角落
抚摸着爱人的伤口

是的，从来没有人告诉我
不能对世俗敞开心口
孤独是黑暗的
可月色正在爬升

偶　遇

刹那间，不知道为什么慌张
就像雷电记不清自己说了些什么

一个影子在云的一端
大地间，一个千年传说
就像一口永远沉默的古井

来不及演示预设了千年的表情
电梯向着一个早已设计的旅程
无情地下沉

诗　人

你站在左边
我站在右边
这是车站
给我们最好的空间

你向东
我向西
原本的誓言
只留下一行字
你居住的是一栋危楼

从此，你开始流浪
我却开始了酒祭
那些碎了的瓷片
也划开了我的掌心

如果爱可以流浪

死门关
都开着一种花
那颜色绝不逊你的冷

遥远的路途
风吹过水塘
有人拼命奔跑

光亮的速度
还有带伤的轮渡
谁在逃离

只有一点泪
一直没有滴落
它在谁心里流浪

无关痛痒

一棵树，被折断了枝杈
无关痛痒
一只狗，被打断了腿
无关痛痒
一个人，心缺了一角
无关痛痒

黑夜一直很宁静
只是谣言开始锋利
它收割着春天留下的藤蔓
还有一只甲壳虫样本

病床一张张摆开
针头扎进骨髓
我终于号啕大哭
但还是无关痛痒

我送你花朵吗

杨柳三月
三月剪刀
你头发还是青丝

言语很青涩
想说一句辞
可总是在码头

夜深了
我原本粗黑的胡须
开始花白

没有旅途了
可我还是爬上了列车
手中的花朵还没凋谢

痛　吗

棘刺杂乱
神志不清
它麻木的锋利
没能划开那副铁石心肠

你溺水了
却没有完全死去
还残存一张嘴
告诉我一个秘密

我开始流浪
紧抓着一只碗
逢人便问
有谁认识我要找的那个人？

一种生命

草木的灰
深处是一种颜色
你莫名哭泣

雨就从夏天一直
下到冬天
一只鸟，也一直
站在我窗前

一只小舟
就要远行
我不敢招手
我身后有一个沉默的坟墓

谁，落在我眼里

是的，残枝
梅断了
却开出了一朵生命的意义

我却不敢相信
那纤夫的号子
是口里饥渴的沫子

那世俗的脚
开始逃离
可我正在写诗

人还是要有理想

一种绝望的沙漠
只有一点点雨水
那仅存的一丝根须
覆盖的不是冰雪

你只是一个影子
在那没有窗纱的岁月
我透过一片落叶
停留在那个地方

会再一次飞翔吗
你手执的扇子
我已在沙滩的尽头
握紧了夕阳

如果有一天，我爱的人死在我怀里

这世间
每个人只会想着美好的故事
可生活
也有尖锐的弹头

泪水
不管是情感的
还是冷的
那种
一定是痛若
呼吸

可我还是
选择了一种状态
平躺着
将匕首直刺心灵

窗的一角

乌黑的眼睛
潜伏在我心里
那夜刚好下了暴雨
屋檐下的一串椒
被淋湿

我推开窗
几片飞叶
正与蚂蚁细语

那远在天边的云朵
变幻莫测
我以为那就是你的唇语

针的飞旋

黑暗的帷幕
一层层
呼吸是一种奢望
那些雨洗过的台阶
印着多少鞋印

尘土，一直混沌
幼苗只剩一根须
夜的深处，猫头鹰
成了黑暗的眼睛

只是，生命
是一块坚硬的岩石
碎了，却被冶炼成
一根飞旋的针

草木亦有情

人非草木
可草木含着泪水
它用手擦
折弯了腰

雨落下
满尘世的泪滴
洗涤着叶子上的
污迹

高山之巅
有人绝望大喊
路的尽头
花草幸福地生长

衣飘飘

你摇曳
我心头的风
可夕阳西下
鸟正归巢

一抹残红
炊烟的背景
流水无言
看着你从此远离

绿　洲

一种寂寞
是一朵空旷的花
悬崖峭壁
只是刀的影子

你在尖利上舞蹈
手脚长满荆棘
可一丝温暖的风
却扬起你一头秀发

不敢靠近

你灼热
差点就是灰烬
可那点最后的光亮
却烧伤了我的眼

我关闭了唯一的窗口
暗地里打着背包
可还是日夜难眠
想着，谁还能陪我远行

流　浪

我很久
没有梳头发
窗外的风
吹着一些声音
那草的稀疏
我以为是你的容颜

可绽放的花
就在你的花园
我偷偷摸摸
可你身体的刺却将我推离

为了一句话
我将荒芜都点燃
那一点儿的磷火
就是我和你
碎身的相见

悬崖下的枯枝

绝壁
一种可以偷生的草药
尘世病了
谁也爬不起来

黑暗的颜色
蝎子在爬行
它的毒针
正对着我的心口

可花的颜色
还是绽放
我的手和你的手
还在摩挲

窗　口

一头牛
在半夜走失
包括它的脚印和哞叫

那深处的冷雨
冻得草席一卷再卷
我紧握着祖母干枯冰凉的手
和她那颤抖的脉搏

牛真的被偷走了
我祖母是个寡妇
她有四个年幼的孩子

1960 年，我只 10 岁
可我清晰地记得
祖母的眼睛很空洞
她只紧盯着一口
小麻石砌筑的小窗

梅　花

旷野，狼号嗥
谁折了梅花
灯红闪烁
只是一个角落
有一个人
诵的是一首唐诗

不知道
你眼角浮起的暖
穿透了冷的棘
我就蹲在
你欲开不开时

中秋月

地平线
圆的不是月光
而是你的脸

火　种

深暗里的寂寞
是一柄穿越的飞刀
它盯着你欲哭无泪的眼神
在一个没有梦的地方
下手

一种痛彻心扉的痛
不是伤口有多深

我想紧握你的手
可夜还是很冰凉
那杯盏的冲动
我只是大醉了一晚

鸟儿很早就醒了
它们在梳妆打扮
我站在窗帘后
一线阳光，很温暖地照亮了我的嘴唇

流浪的水

不见你的背影，我独自流泪
记不得这是第几个秋
我还在那个地方停留

一个地方生了魔障
窗口很黑暗
只是有一口水井
深处隐藏着暗流

我照着水
岁月早已凋零
那雁行的啁啾
还是你当年的影子？

绝　地

一朵花被摧残了
可她还在笑着
我不知道那些狂暴的风雨
他们落脚在何处

你的头巾
挂在一棵枣树枝头
三更的露水
一直在滴落

是的，你凋谢了我的欢乐
黑暗里我摸着你的气息
爬行，我深深知道
前方是一道绝命的断崖

无花果

我读着《传习录》
鸟声却推开我的窗棂
风也开始
各种演绎

不知道
还有什么消息
我的心
竟不能平静

呵，一定是窗外的
那棵树
无花而果

歌　者

穿透了诗与远方的牧场
谁还在忧伤
深夜的歌谣
酒意的沧桑
我知道你流浪的模样

黑暗是一种颜色
装饰着所有的窗框
你在一个小巷
歌声已醉倒
可我再次打开窗户
阳光正开放在
一片叶子上

说不出口

今晚
我又喝酒了
老婆警告
杯子要小一点儿
我向上看了下
我说，上面没有月光

老婆说
又醉了
我举了举手
问老婆
我像醉了吗

真是的
安静一下都不成

醉了
又能怎样

骨　头

磷火，鬼的游走
梦幻的燃烧
一个三根木的窗口
我真的看见
一根骨头

我的祖母
阴性的影子
她死于他乡
她的骨头
爬满虫子

我一直在噩梦
深夜的黑暗
我与她对语
泪水始终是唯一的主题

叹啊，这千年

那些烽烟
单单是狼烟吗
草木的燃烧
照亮或遮挡了
水流那种
美好的模样

我一直羡慕
茅草屋的样式
你样子的光芒
在一个高高的山头

这是一种孤单
我不能与你对视
我真的想狂哭
像狼一样

可，你的世界
高墙外
只有那些归鸟
翅膀无声

你在吗

这遥远的
谁在泼墨，山水
耳语
我的心开始
宁静

倾听，茅草屋的
风声
可一种无法亲近的
手语
忘记了
一个方向

那些迷蒙的
是小船的影子
我再次沉默
和着小巷深处
脚步敲响
远去的声音

雨，滴落清明

泪成雨
没有滴落
只在心中的某个
角落，翻滚

那些幡的影子
似记忆着一些岁月
我一直想为我
那极度苦难的祖母
写一首诗

可一直无处下笔
只是那几只乌鸦
鸣叫的声音
有多寂寞

白驹过隙

一点雨滴
始终没有落下
一把刀飞的影子
在刹那
穿过黑色的过隙

刀影后
鲜红的风
吹过早晨的竹林

一个又一个影子
可我还是清晰记得
那个马背的姿势
那瞬间的冲动

谁的痛

我踞高枝
那些生长在
尘世的根
那种屈辱的生命
注定仰视?

鸟踞高枝
一阵狂风暴雨
那双美丽的翅膀
在谁的梦里
分崩离析?

就在一刻

那是一个怎样的时刻
黑暗的影子
有了光亮

那温暖的眼神
温柔地看着我

夜深了
别人的酒盏已满
我已记不清
你当初的模样

故　事

我知道
花开花谢就是瞬间
只是你轻舞的影子
映照在一个深潭

还没牵手
就注定了一生分离
哭了可能会有泪水
可我，在最深的夜
抱着一首歌
欲哭无泪

鸟　归

夕阳西下
一张网
正在张开

那欢乐的翅膀
那流淌的泉水
谁在归途

鸟鸣叫着
最后的一丝光亮
也是我心的温暖

温暖的光亮

一束光照进来
你正在昏睡

地狱的黑暗里
你却张着眼睛

一枝折腰的梅花
在阳光下绽放

绝　途

我知道
无路可走
你已成功将我的心
掏出
并晾晒

我想
我已死去
只是我的手
紧握着，一丝
你手的余温

懂得你

《易经》，我们只读出了阴阳
但生病的
或是痛得不想存在的
那心的状态
是血还是泪

只能说
那飞翔的翅膀
扇动了我的窗口

可我还是不能安静
总想找一棵树
我醉后可以摇晃的
安全的依靠

窗　口

一缕阳光
它很孤独
就像窗户外那棵木瓜

那些熟透
或半熟不熟的
我闻到了一些
晚稻的清香

一种声音
我用一辈子倾听
那些梦幻里的影子
就一直这么飞舞

顿 悟

竹子开花，那颜色
真不是雪白的

那些用茅草盖起的屋子
门外生长着
暗黑色的苔藓

我一直在天井旁读书
可我的天空上
只倒映着一只青蛙的影子

稻花香

一只鸟收拢了翅膀
女孩在天井看天空

她的容颜盛开
在鸟的鸣声里

爱一个女人

她的容颜
或者是她脚步声
我倾听着
然后我又再次解释自己的内心

我应该是第一次见她
就在那条很久前的泥土路上

后来，我结婚生子
妻子一再问我
你梦里反复呓语的
是谁的名字

城市里的烧烤

一缕缕的烟火
香味散发着儿时的记忆

这飘散着
或许在刺激着一种麻木
一寸寸的艰辛
是生存的困境

钻木取火
燧人氏是我们的先祖
洪荒混沌
我今晚可能在这个城市迷失

那一闪的炭火
灼烧了我的心头
我还是蹲在一串脚印下
想念着那久远的年代
还有我那遥远的乡村

看 花

你苦难时，我想拥抱你
你却无情地拒绝了

我滴落的泪水
一直流到我的晚年

不想送别

你要远行，不，是远离
可你却一直沉默
我不敢言语
生怕那一丝的风声
暗含着特殊的意义

种子，都是生命的偶然
没有枝叶
虫和鸟
都在一个平凡的日子相遇

多想有一场雨
一直不停地下
而我手中的雨伞
始终打不开

我只好转过身子
轻轻说了句
我会想你

为什么总有人负重前行

绝路
那些用苦难的泪滴
堆积成的苍茫
一串足迹
穿透了所有言语

这不是故事
人类面临的苦难
不是痛苦
那种绝望的预言
让所有的生灵
找不到出路

可，这混沌的宇宙
还闪亮着星光
最深的黑夜
生存着一两个
默默前行的背影

人间诗话三两行

1

路没了
可我在路的绝处
看见了一株树苗

2

时间不会停止
生命却会消失
但人总是要前行

3

我坐在河床边
抚摸着一块石头
莫名地滴下了泪

4

蜂在百忙中
花朵一次次绽放
我却躲在一角喝着蜜

5

一棵竹子折了
我拿起剪刀
这时，风吹了过来

明月夜

明月夜
是否闪着亮光
可有一丝风
吹过短松岗

千里孤坟
谁只顶着蓑笠
那月下的酒坛
只剩孤独的凄凉

我听着风声
一种声响
痛人肝肺
我醉在他乡

那盏摇晃的灯

遥远的茅屋
窗口突然点亮了一盏灯
黑暗里
一群艰难跋涉的行人
眼里的泪光
有了意义

尘世间的苦难
并不只是炮火
和失去粮食
那种黑色的恐惧
可灭杀人类的灵魂

谁暖了大地上
那一串前行的足迹
谁点亮了
那一盏盏在风中摇晃的灯

另一种梦幻

秋风凉，我又醉了。我坐在路边，
用酒意的语言,点评着那些行人的样子。

有一个人
给我丢下了一枚硬币
还有一个摇晃着的影子
跪在我面前说
哥，我还有酒

我真想踢他一下
可我的脚已不属于我
我只能转身
风又起
带着一股寒意

岁月的枝丫

高楼上
一个年轻人
在歌唱
岁月的枝丫
可我无力关上窗口
只能倾听

我的岁月
只剩挂满霜雪的残枝
那些甜蜜的果子
早已凋谢

可那歌声
让我再次看窗外的树木
我看见了鸟儿的爪子
和那枝丫上的叶芽

水滴下的声音

我愤怒了
我好想打抱不平

我哭泣了，因为屈原
那些水的波浪扬起风声

我只有再次昂起头颅
脚踏笛声
我的心如泉水清澈

向日葵

低着头
一言不发

可凡·高
自以为是

我躲在黑暗
看阳光盛开

有一种幸福

天上，地下
有一束光亮
照映着一群人夜行的路

那是一串带着血泪的足迹
可人类总在前行

一处处乡村
是难忘的记忆
水流的深处
月光又一次照了进来

我对着你
永远是沉默不语

似歌非歌

不敢张口
怕岁月又再蹉跎
世间那些事
有人沉默，有人高歌

最早填词的那个人
他说无可奈何
只是看到一只趴在半壁的螺
心生怜惜
在甲骨的背面刻下了傩

似歌非歌
非歌似歌

老人·七夕·桥

1

骨折
我听见了岁月
枯萎的声音

2

我反复翻阅沾满灰尘的相册
却还是遗忘了
你的容颜

3

神话的鹊桥距离心很远
我站在天桥上
不忍离开

4

好想再叙说一些情话
可岁月的胶布
紧紧地封锁了
我原本灵动的舌头

何时雨落

1

天地间
那些轻言细语
是一缕缕的炊烟

2

终南山的雪飘落在林甫的鹤影中
湖面雨霏一点一滴的声音
是谁在断桥将水墨一挥?

3

幻影里
谁在诉说
那些开着花朵的柴扉

4

梅雨季节，却一直没有雨
手紧牵着，眼角残留泪的余光
遥远的东方有一抹闪耀的光辉

街边偶得

我的心和我的身体摇摇晃晃
满街的行人好像醉了一样
我想，算了
谁醉，谁不醉都一样

我又摇了一下
脚不再晃
身边有无数的行人
有很美的女人
也有比我还摇晃的男人
他们可能都在猜想
刚才眼语相碰
仅有的伤口
是否创可贴可以医愈

风又起
我正站在街边
在一个不显眼的角落
反复思想
这么热闹的街上

车堵在十里外
可我却找不到
可以说话的人

无论他们是男人还是女人
或者是老人
还是年轻人

一条河

一条河流淌在黑夜的深处，没有声响
一抹或明或暗的船灯孤独而坚强
两岸的杂草像不绝的羊群，铺向远天

秋天开始金黄，我怀着一种欲望
其实我杂乱无章，包括我的思绪和爱情
我的一只脚逃离不了高过两岸的河床

黑夜里，一条河始终不绝地流淌

无　题

我本想沉醉
从此不再言语
可偏偏又遇见你

尘世间
能有几多
知己？

计谋，剑影
我还问
谁是我归期

一滴酒
两期心意
半道谁归竹篱

是　花

人类熙熙攘攘
像富豪伸出手
向善良的人索要

我精神恍惚
忽然忆起我的家乡
那缕炊烟

我向远处抬抬目光
春天的木棉正开得灿烂

小缩影

冷漠的阳光
照射着遥远的距离

一个影子卷起双腿
翩跹起舞

世俗的泪
幻化成海洋

逆 光

白鹤的影子
一只两个
三排

竹林
响起啸声
谁人归宿处

春 天

春天，其实是一个很简单的日子
石头，锄头，野火
一粒种子，偶尔被鸟儿播种

火山燃烧，人类开始迁徙
文明的种子碰撞着灰色的中世纪
人类血色的心发芽生长

有毒，或是在更黑的深处
一种罪恶是石基下的麻木
祖先荣耀的文明
在无尽的沙漠逐一消失

这是中世纪的文明
诗歌和戏剧在生命的各个角落
在莎士比亚的角色中尽情演绎

这尘世，这记忆
世俗的烟火始终盘桓在
无语音的崇高录音里

中华，五千年文明从没消失
但苦难与福气始终缠绵着中华大地
那一抹苦难的背脊
那一声纤夫的号子
黄色的皮肤开始了一个千年

春节，苦难后的最后
一粒种子在一片黑色的泥土
绽放，生出又一个不绝的春天
中华的春天，宇宙的春天

飞　天

就这么刻意或不经意
长袖，那腰带的釉彩
已是千年的梦幻

尘世间，就有那么一刻
曾经的繁华瞬间被淹没
只剩那不经意的笑，穿越时空
在一堆黄土上，生长胡杨
一种不死的乐器
有人反复叙说，那就是羌笛

我就喜欢看你的容颜
就是那种不经意的笑脸
那深种在荒漠下的柳的
飘絮，如古人诗句
反复在梦里飞着

酒的孤独，或者孤独的酒

诗歌因李杜光芒万丈
李白醉一路，杜甫一路醉
尘世间的人苦还是不苦
其实与他们没有多大牵连

因为酒，也因为情怀
这尘世的泪尽可能地浪漫
一种奢侈的挥洒
几人记得，当初出村的路

"床前明月光"，是谁家儿童在吟诵？
我正好躲在一个冰冷的角落
倾听李白和杜甫
是酒的孤独，还是孤独的酒

我在虔诚祈祷

在这个时刻
我的心充满情感
我的眼睛饱含雨滴
春的种子竞相发芽
一种无可抑制的冲动在翻滚

我想告诉世界
我还想告诉我熟悉的人们
这是一个新的时刻
我不用语言
只用心田流动的雨水和
土地里埋藏的土豆的密语
告诉你，我真的爱你们

在这没有语言的时刻
我还是还俗了
用一种最通用的声音
轻轻说，祝你新年快乐

你是我虚拟世界的情人

天半明半暗
阴阳正在分割世界
可一个梦的刃
划出了一个半真半假的虚拟
那里隐藏着一幅肖像
一个虚拟的世界
有多少故事
在尽情演绎

这个世界躲隐在黑暗里
在人类心灵深处
顽强地生长
就像一个个魔影
在貌似的冷漠里
温热的血水在血管
还是热情地流淌

有人一往情深
一种蛊毒，一直种在他身体的深处
阳光的麦芒

就像有人咬破的手指
向苍天起誓

无题(二)

眼角生花
细细的
应该是一株兰
鱼尾纹
有很多画法

倚窗前
昨夜雨滴
谁横笛
满台阶
都为愁绪

欲言不语竹篱
看归鸟
三言两语
远山外
谁人归迟

健康了，开心了，就好

椅摇了，风吹了
岁月开始翻新
你的扇子轻轻地摇着
进入梦乡

王者归来
你的气场
百娇容妆
是不是你曾经的梦

一种肉类，或者水
还有一种绝望
你根本无力还手
人类的眼泪
为什么总用自己的手拭擦？

短　信

一丝光线，微茫
背影开始远去
路旁的枯草
发出咝咝声咽

远方，可能下雪了
哪个地方还残存篝火

我一个人
从昨晚酒醉
到今天清晨

谁有归期

刀光剑影
美人兮
浪子三年千点秋水
谁话归期

人间事
从来生死别离
伤在心处
换不来些少泪滴

瑶台抚琴
夜半几时
灯光无人点燃
或是故人归迟

归迟，归迟
美人期许
一舞人间配醉
诗人半迷离

行走在深圳中心公园

一条鱼
摇摆着黑色的尾巴
它还闭着左眼
吐着泡沫
向着霓虹灯
并一再对着我身边的小白狗
比画着好颜色
我慢慢地行走
比鱼儿快一步
我看见下游
有好多人正下鱼钩

又一个新的旅程

我亲眼看见
一轮新的太阳
从树木间升起
在一丝的莫名的忧伤
我想起了一首诗

我一直在寻找
有几个人的幸福时光
可生命还是充满别离
我也总是多怀忧伤
也怀想起夜间灌浆的麦粒

我就要开始新的工作
结识新人
我开始幻想
在这个时光里
诗意的阳光
定会无比神奇

妮妲来访

妮妲来访
带点女性的粗糙
踢着高跟凉鞋
一种声音
在一只猫的梦里响起
深圳街上的美女都躲在
一个窗子后面
我也在她们的后面
又再一次想起了你

窗台上那株开得不是很
娇艳的兰花
被她连根拔起
她带来粗壮的雨点拼命地敲打着窗棂
不知你此刻是否也在
关注着外面的世界
狂野的妮妲
是否也扰乱了你的心

不敢回忆

海子和轨迹
那个年代的激情和泪水
现在看来可能一钱不值
可我还是流下了眼泪

我们也以为是
生命或许简单，或许沉重
如果你们为了表演
那就是一种悲哀

其实谁懂
八十年代的年轻人
带着三代人的无奈
开始老去了

太阳不想醒来

我寄居在一棵树的枝丫
莫名的鸟
声音像那场小雨
谁都说你昨晚很幸福
只是他们都不知道
太阳不想醒来

一个有幻想症的人
说白天怎么就不能短一些
或者就在忘记做早饭时
他还在反复唠叨
谁又把我忘了

其实白天真的比
黑夜动听

那场暴雨是怎么下的

那叶子
在早春时已开得很好
我在用心倾听蛙声
邻居抱回一捆带着雨水的柴火
唠叨着
那场暴雨是怎么下的

知道真相的人
远走他乡
只是阳光照耀着褐色的岩石
泉声响动的姿态
搅动了记忆

雨落下来

雨落下来
雷声还在天边
那一树的花早已开过
我就在花骨落下的地方
看到了一个
让我千年难眠的眼神

雨落下来
我难抑长期哽咽的声音
其实那朵花早已没了影子
我却只能蹲在一个
不能守候的光阴里
和那些不相关的人
说几句胡言乱语

雨落下来
和泪水交融在一起
这时我最多想到逃离
像一个个世俗的背影
只把生活的用水留足

落下的雨水
只在玻璃窗外流浪

山上长着一棵树

正月十五
山上长着一棵树
没有枝杈
只张扬着一片翠绿的叶子

雨水在深冬
结成了一块翡翠
我在一间透风的茅屋里
做了一个残梦
她在一个火炉旁
烤愈了一个伤口

把眼泪擦掉

花岗岩有一颗坚硬的心
水滴石穿

天地响起一个声音
不绝如缕

一个贫穷的老人
他虔诚祈求

那落霞的时候
彩云满天

冷冷的风

北国飘雪
尘世里
一个女人
她穿着红色的衣衫

南方
有人点燃了火炉
那是可以烤手的
温暖

可还是有一丝风
它反复偷窥
一个窗棂
冷寂，没有光亮

黑色的屋檐

一把石制的镰刀
一把篝火
一个盲人
一根孤独的拐杖
我披着蓑衣
在一个现代城市
用耳朵看着电视

一盏灯，闪着微光
谁在照亮归途
黑暗封锁了所有的道路
夜雨连绵
贫穷的人开始哭泣
还有那些已开始
脱贫的故人

苦难，是一种常态
祖辈在祈祷岁月静好
荒芜的大地上
空无一人

道路的尽头
深藏着一个沉默的村庄

我是谁的伴侣
谁给我贫穷的房间
蓄满了粮食
我发不出声音
透过远古的传说
我望见爱人黑色的屋檐

时间的玫瑰

如泣如诉，那一曲
心中的玫瑰
穿越时空
在我荒寂的心田
又滴下了生命之水

那时不懂生活的忧伤
也不懂生命的光辉
历经沧桑
在撕心裂肺的号啕后
才明白，生死为了谁

啊，时间只是掠过星空
不管岁月如何艰难
那朵凋谢在脚下的玫瑰
都将与你伴随

莫名，就想起你

尘世的马蹄
那些喧嚣的影子
踏碎了一地
平静的河水

高山突兀
荒漠万里
千万重的栅栏
还有佛的偈语
紧紧锁住了仅有的窗口

只是，深秋的孤枝
在岁月的角落里
暗藏了水流的声音
我透过它
向你打了个手语

屈 原

乘虚而来
在岁月的河流
就一只小船
天还没亮
你就沉没在深渊

有多少无语
两岸的百姓
提着竹篮粽子

端午，一个节日
我也没多想
只燃了蒲草

远　影

只是一些影子
披着烟雨
猿啼窗外
李白的帆
靠不了岸

三月烟花
就只是愁绪
我上了竹楼
却赋不了辞

还是探索你离开的足迹
你远去的背影
在一个莫名的尽头
有了对影

沙　漏

时空，一个漫长的隧道
一种穿透，刺破你紧握着拳头
漏下了些沙子和落叶
铺满了灵魂深处的寂寞

这时，风声从远处吹来
刮起了一些尘土，也卷着些陈年旧事
只是我再难忆起
你最后消失的影子

唉，就这么散了
岁月留不住
我听到有人在歌唱
"风吹来的沙"……

醉了，又何妨

"闷倒驴"
草原开着最好的花草
那些舞蹈
对了我的心
我就勇敢牵了
一个人手

篝火，还有一个仅剩的瓷碗
可能还有"打狗棍"
就是一种装潢
我牵了手
草原也开满了花

渡　口

一场大雨
带着咸鱼的味道
那些屋檐
是两撇睫毛

天地静默
你却想哭泣
可能你真想逃离

就只剩一个渡口了
可吹过青石板的风
比冷漠的犬齿还硬

破旧的船板
没了桨了
你还念着来时的路吗?

一块无字碑

倾盆大雨
一顶竹笠
祖宗庙堂
四处雨滴

山门渡
一块石板
留着祖宗的脚印

天降五雷
我的祖父
手中只有一把锄

祖庙很久远了
颂歌更远
就连一些简单的供奉
也遥远

只是石碑有些弹痕
长着苔藓

我走进夏天（组诗）

笑　脸

前面开了很多花朵
就连老旧的枝头
也倒映着
一连串的记忆

我的腿

可能受我眼睛影响
有些昏花

可更前面
总响起喇叭花开的声音
我紧直了腰身

一只鸟

应该是只白头翁
它从高处落下

它挡在我前面
用白眼与我对峙

四周荒无人烟
我只好厚着脸
与它商量
别挡我

可它还是翻着一双白眼
说，你算什么？

夏　天

走过城市
我总想到钱钟书
想念我那嫁到远方的女儿

夏天
女儿告诉我
她怀孕了

我对着一棵橄榄树
欢喜欲狂
呵，这夏天真好

母　亲

母亲，坐在我面前
她咧嘴笑了
可我却掉下了眼泪

她嘴巴里的牙齿
当年的白玉兰
在我眼里没了

我的老母亲
她老安慰我
没啥

乡　愁

祖母的坟，村口老井
那些草地
早已消失

我喝着酒
睡在田埂上
一只蚂蚁
狠狠地咬了我一口

天空苍茫
白云只是一种梦想
我还是忘不了
那块扎心的石板桥

兰　草

兰，是草吗？
她长在山中
或是养在深闺？

我淡漠尘世
可我关心她的花朵
那丝决绝
一种绽放的光亮

是的，我正在黑暗中
水墨正在洇开
兰草又一次
结成了凤眼
摇曳在四季的深处

绝 尘

一缕魂
穿越了所有的语言
一些残存的月华
或者还有
几片寂寞了的
落叶
就成了你
渡劫岁月的妆容

凌波而来
仿佛是秦淮河的桨声
我躲在千里之外的
南岸
偷窥你的心事
水，却只有水
在尘世洗涤

可能有一种离别的
痛
你偶尔转身

应该就在这刹那
我莫名地有了些
泪意

我的沉沦

花开了就开了吧
只是，你还在千里之外

我想，我的一生
能否写出一首情诗？
千万次练习
却依然一败涂地

一种暗

心田，是谁的耕地
猜测，一朵花
开出一方蓝色的窗

那一袭白裙子
正与山水吻合
回眸的颠覆
三月已远遁

这时，借口正好发芽
可我迈出的步伐
被阳光秒杀

你开的桃花

你开了花
在鸟足迹的绝处
我没看到你的颜色
也没闻到你的香

我不计较
也不伤心
只要你不在我心里凋落

茶

古老的青花瓷碗
飞天的彩练
茶叶在一种梦里洇开
没有世俗的生芽与花绽
只是那莫名的香气
中国人陶醉了千年

这时，有人说
遥远的教堂
有钟声响起
那些足音
金碧辉煌

可我只有一扇柴门
柴门后是一亩茶园
雨前就开三两叶
它们喜欢在我的杯里
亲我的嘴

呵，权贵的杖吗？
与我何干？

闪电带来的

所有的惊悚
雷电雨
还有那些不绝的影子
飞来飞去

我正在回忆一段影子
我的爱恋
是在哪年凋谢

风又一次吹过
可我也没留
仅有的短发

呵，岁月的摇椅
还在荡漾吗
那缕青丝呢？

一瓶水

它就立在我面前
一动不动
没有想象的波澜
也没有一丝情感

我和它就这么对峙
我还睁了几次眼
可它不动一下

我赢了还是输了
家庭医生过来了
他只用一个冰凉的探头
说了一句，没事
我女儿说付了一千块

雪　花

我不想很世俗地想象
一朵雪花的棱角
和她在阳光下流泪的模样

只是，她的舞蹈
在这寂静的世间
扣响我的心弦

唉，谁在点灯呢
这满心的念想
是融化不了吧

梦幻的时光

你的眉毛
要画描吗
只是我的手
有些颤抖

就是这刹那
我写下了你容颜
那模样
花开了吗?

故乡的石板桥

风从两只眼孔吹过
可窗口一直沉默
那碣石的记忆
是我的牛
和我父亲的足迹

乡村就躲藏在河边
岁月很少光亮
我的手掌曾反复擦拭
两座无言的桥墩

寂寞与纷繁
掉落我城市里的酒杯
我开始记不清那桥的样子
可我重复梦见
那桥的一端
我老迈的母亲
艰难地举动枯瘦的手
搭起凉棚
呆呆地望着远方

雪山高处开的莲花

纯粹的雪，其实不是雪
漫长的巅峰
是我们许下的，不再相见

就是一堆篝火
那永远的舞蹈
就是你在我心里的影子
明天，可能是
我抹不了伤痛

另一种语言

如果我真的爱上你
你不必担心
也无须诧异
这只是
一个命格的节点

我是真的爱上你了
可我不能说出口
燕子的窝
就筑在屋门上

这尘世
有许多虚幻的枝条
可开出的
不一定是花朵

我的躯体
一定是真实的
正如我想说
我爱上你了

风吹过了河流

这个时空，空旷着
一种纷扰，而纷扰
却得留着一条
平静的河流

我和河流里的鱼
和河流上飞翔的
白鹤
还有我开始安静的心思

这时，你就是一个影子
穿过了河床
或者又一次穿过了
我的心
或者只是些断片

立　言

我斟着一壶小酒
想着我泥土下的父亲
就是一个男人
想着另一个男人
其实也没什么好想的

只是草又枯黄了
我手提的酒
只能倒在一个土堆上

我只是喜欢边喝着酒
边想着我父亲

写给母亲的文字

母亲，我知道您不识字
可你每天还是用眼睛扫描天空
读那些云卷云舒
雁南飞了，凉了
要多加衣服
早年我很烦您的唠叨
可恨的疾病
却阻隔了我看您张开嘴巴的样子

母亲，我知道您还站在村口
却不与旁人说话
那些回村人的笑声
您很不乐意听
您有些黯然
可您的眼角依然闪着光亮
因为村路没有尽头

是的，母亲
千山阻隔的只是我的脚步
我已张开翅膀穿行

柳芽已冒绿
蝌蚪扭动着尾巴
这一定是个美好的春天
母亲，我定会在村口
再次握紧您已干枯的双手

一种沉默

茶，沉落
那一些碎的杯
你躲在我心门外
禁锢着泪点

其实树与藤没多少关联
只是那些花开
加上那些多嘴的鸟
一些可有可无的声
就飞过了莫名的水面

你飘落在我的窗口

彩蝶的标本
一种伤痛
寒冷却残存一枝火焰
你舞的双羽
扇动了雪花
那一刻却有热流涌出
尘世开始放晴
呵，这是素裹的妖娆吗
可谁在将痛的火把点燃呢
可能是那片雪
遮盖着一片金黄的叶子
一同飘落在我的窗口

忧伤，在城市穿行

我住在城市
房子不是很漂亮
只有一扇窗
还有一只鸟张开了翅膀

时光很寂寞
我正翻阅钱钟书的《围城》
你也在想象城郭里
那一刹那的羞吗
那一缕发
是长了，还是短了

这风，它不管不顾
就吹动了一些念想
可我还是望着你的背影
一种忧伤
穿透了我所有的时光

秋，叶开始落

我站在笛声里
看着你的背影
泪是一地的落叶
我的指抚摸着
一级级冰凉的台阶

有风声吹响
我却在昨夜已迷路
你的声音呢？
我已不想你美好的容颜
只是那些飘落的
是你的踪影吗？

我有话对你说

语言的核桃
其实并不坚硬
逝者如斯
你还站在岸边呼吁?

濯足而沐
花香不入尘
那高洁的海水
灌入你窗口

我想坐一会
可那影子
在我身边摇晃

美好的日子

一些花朵
注定不能绽放
蝴蝶只是一个梦
我不知道
一些时光
我握过你的手

偶　题

一只鸟
潜入水中
荷花亭亭玉立

你是美人
那一朵花雨伞
来照影

你不言
我不语
归途总无意

劳动者的背影

漫长，漫长地跋涉
我流连在高岗
回首我可爱的城市
望见了一个个背影
闪耀着光芒

环卫工人正挥着扫帚
擦亮着朝阳
烈日下的建筑工人
汗水浸透了他的工装
一个个卡座
有多少背影
正背负着城市的繁忙

我还望见了大鹏湾
还有跨越港、珠、澳的桥梁
那海的波浪
那一根根打入深处的
基桩
奏响深圳再次出发的乐章

我真的望见了一群群背影
那是民族的脊梁
他们沉默而坚韧
只有热血一腔

我可能是站在了莲花山上
我望见了伟人的影子
开荒牛的背影
不正在为改革开放站岗

呵，这城市的夜哟
灯火辉煌
我在遥望
那一滴滴落下的汗水
就是那群默默前行的影子
他们高举的双手
定会点亮深圳明天的光芒

萤火虫

那遥远的一点光亮
带露珠的草叶
我仿佛听到
儿时扑向母亲
怀里的声音

太遥远了
萤火虫
我故乡的雨
一闪一闪
现在却是我眼中的泪滴

天气预报

深夜，有暴风雨
我把窗户紧锁
然后给自己倒了杯酒

可暴风雨
一直没来

但我已经半醉
不知对着谁说了句
人生的风雨能预报吗

又下雨

我对雨，情有独钟
我喜欢听，雨敲打老屋
瓦垛的声音
那一丝丝雨
是美丽女孩手舞的样子

我站在一个遥远的地方
听着风声
却思念着那年下的雨
那块青石板
还印着你的足迹吗

呵，这雨是从哪里下的呢
这雨的背影
我想，你会和我一样思念

行 走

多想，一直就这么寂静
听到的风声
还有一个孤鸟的鸣叫
我还想与你说什么呢？

那些灿烂的
开在尘世间的花
我只是站在远处
静看着它可爱的样子

可雨还是不停地下着
我听到一种哭泣的声音
那些爬行的苦难的影子
我也开始流泪

写给文娟

你就一浅笑
春风杨柳
那摇曳的
昆曲竹丝
那浅水的船儿
是你打开的小窗

我在对岸
纸扇是我的掩饰
鸳鸯在戏水
我的心却丢了
高台上
我只望见
那只琵琶的背影

唉，这岁月
还是
把我遗落在
戏台的夕阳下

中年人的爱情

你走在前面
还是我走在后面
我不知道
这雨
为什么这时落下

柴油
我找的诗意呢

你决绝的影子
太阳正在落下

岁月远去了吗

看着你的背影
我有了泪意
可我挥的不是手
只是一句歌词
那藏在欲哭无泪的
伤痛啊

为什么，就这刻
鸟飞过上空
我看见了棉絮飘飞
难道，我痛哭
的泪滴，就一点不能
打痛你

重来的岁月

一张残照
没有色彩
只是生命
不知如何哭泣

风花雪月
歌声响起
一只酒杯
为谁高高举起

一种沉迷
后庭花冢
岁月破碎
千年谁在徙时

我是农民

我的嘴巴很厚重
不善言语
牙齿也崩了一角
风经常吹进我的心里

我不言不语
但我看得透
牛的脚印
庄稼的呓语
我在最寒冷的日子
点燃了我的心
那些雾，据说
可以挡住
那片叶子的凋零

深　处

一片羽毛
落下
心的边缘
一种静好
我是多么的渴求

可眼角
岁月的无奈
它总在我抚摸着
你远去的背影时
汪洋，我知道
流淌的是我们
汇集的泪水

路　过

山林寂寞
没有一丝风声
远去的足迹
只剩一缕阳光
静静照着青苔

就连一只孤鸟
也一直沉默
但它的眼神
却很清澈

我只能猜
左手和右手
快速摸到心脏的
那一刻

你的影子
已远在天涯
我深情地挥手
已毫无意义

深圳，我的城市

黑漆的深夜
我在阳台眺望
从不曾沉静的深圳
我的城市
我只望见了一个个
白色的影子

在这寂静的夜空
我一直在
扩张着我的耳膜
我幻想着那支
小提琴幻想曲

是的，四十年前的
沸腾，我的城市
今晚突然静默
就连那些躲在
巢穴的鸟儿

立春已过

那点点温暖的雨
就像我一一记下的诗句
在沉重的叹息里
那些蛰伏的翅膀
又开始煽动着一种声音

深圳，真的是
我们的城市

樱 花

二月的深处
一张笑颜
偷偷绽放

只记得
曾经有过的脚步，停止
在一个没有窗叶的窗前

千年了
骨头已朽
可我还是记住了你的容颜

元宵节

这一枝
是月牙绽开的柳条吧
那些彩虹似的灯影
是黄昏后
就踏响的足音?

嫦娥在树下
可你在眺望什么呢
那些紫青色的唇
却一直在
紧闭着

我是一直睁着眼睛
那万里之外
你美好的容颜
如今晚的月色吗

痕　迹

一些岁月
一段倒插的柳枝
流水总有自己的颜色
离别，一杯苦涩的盐水
半路上
我又一次泪眼迷离

红尘的路口
我会与谁相遇
旷野的荒芜
有鸟的翅膀
掠过

岁月啊
你的手粗糙而柔软
你到底想牵着谁呢
今晚，我正喝着酒

青山遮不住

我沉默百年
正如我的眼神
一口古井
不起波澜

一个三岔路口
望着一个远去的影子
再次踮起脚尖

多想再次说一些无聊的话啊
可绝尘而去的
不仅是一匹马的影子

秋

一种枯黄
稍稍靠近你
你挥手
可没人留意你
眼角的泪痕

一颗心
以为是空旷的秋
你我相隔千里
只因一个眼神
在老去的刹那
还相互牵挂

风吹动你的头发

我一直在潜伏
在芦苇荡和你的发间
我的四肢
只能往泥地深扎
我怕你回眸的眼神
穿透了我无力的心思

你坐在一个桥墩上
四周生长着美好的枝丫
你修长的腰身
反复侵入我的梦境

我只能一直潜伏
在你花香的秀发
和浅笑中
然后，我只能想着
怎么才能在风起时
偷偷逃逸

最后的一片落叶

寂寞如一株空旷的兰
山开凿出一个伤口
鸟飞渡深渊
你我却互不往来
就连同一条石街
也没有一丝回响

还是那些寂寞，那些空旷
还有黑色深处的那盏灯火
还有眼神碰撞刹那的光
照亮了原本不存在的苍茫

是的，真的很空旷
但你知道，那不是我的心
我一直在坚守
一直守候着
你似一片秋天的叶子
悄悄归来

山高路远

东坡先生从峨眉出来
杜甫成圣归了草堂
可是雨还是一直在下
就像我关心一个女人

蜀道难，有情思也难
笛子是一路的寂寞
可横吹也可直响
只是倾听的人
在一个遥远的他乡

拣起一朵云

风和钟声都响起
南山却了无生趣
我和一个人
其实我并不认识他
却在半路争论
《楞严经》

他说尘世只是
一花一叶
我却说远方只有一片云

然后他说他要与我断交
我说其实我并不认识你